迦陵頻伽

柏木博句集

KA RYO BIN GA

Kashiwagi Hiroshi

ふらんす堂

序

柏木博さんは一昨年の春に「鷹」に入会された。折悪しく世の中はその頃から新型コロナウイルス感染症の猛威に怯えることとなった。そのため私はいまだに柏木さんに会うことができずにいる。

会うことはできなくとも、毎月の投句を通して、柏木さんの名は私の頭に刻まれていった。新入会員と言っても、俳句を始めたばかりの人でないことは自ずと知れる。私の目を引きつけたのは次のような句だ。

それぞれに違ふ方見て春の海
公園の飛べぬ白鳥憂国忌
煮凝や叶はぬことを夢となむ
アネモネやあのねあのねと姉いもと
老醜の心な見せそ冬の菊

春の海へ思い思いに目を向ける。海は茫洋と広がるばかりだから、そのどこを見ているのか、見る方向はばらばらなのだ。言われてみればそんなことがあったと思い出せる情景だ。海原に目をやりながら、実は何も見ていないのかも知れないし、何かを探し求めているのかもしれない。それは本人にしかわからない。いつしかこの句は人々の人生の暗喩のようにも見えてくる。

二句目は風切羽を切られてもう飛ぶことのできない白鳥である。天を舞う己の雄姿は夢幻のように美しく脳裏に残り、公園の池に飼われて静かに暮らすだけになっても、毅然とした高貴さを失わない。柏木さんにはその白鳥が三島由紀夫に重なって見えたのだ。

三句目は句末の「となむ」に味がある。「なむ」は係助詞で、結びに「言へる」などと続くところ、それを省略した慣用表現である。叶わぬ夢ばかりの人生だったという感慨だろう。煮凝の取り合わせも上手い。

次のアネモネの句には呆気にとられた。ほとんど言葉遊びに近いのだが、それでもアネモネを傍らにした幼い姉妹の様子は絵のように目に浮かぶ。

「鷹」では見慣れない句なので驚かされたのだ。

そして最後の句。老いてあさましく醜い心を見せるなよ、「な〜そ」の古典文法がその戒めをゆかしく見せる。年を取れば肉体の老醜は免れがたい。それでもせめて心だけは冬の菊のようでありたいと願う。

柏木さんの句集出版を手伝うことになって初めて、茨木和生、鷹羽狩行、辻田克巳の三人に師事した柏木さんの経歴を知った。なるほどこの句集を読めば、三人の師の影響が渾然一体となって柏木さんの俳句の土壌をなしていることがわかるように思う。「鷹」以前の作品も交えながら、あらためて柏木さんの俳句を見てみたい。

二・二六の翌年春に生まれけり

巻頭に置かれた印象的な句である。この句集は戦中戦後の厳しい時代に生まれ育って今日まで生きてきた柏木さんの人生史でもあるのだ。なかでも父が戦争の犠牲になったことは、柏木さんにとって生涯忘れられないことなのだと思う。

雲の峰父の最後の肩車
絶望の白き輝き雲の峰
付いて行く少年の日の銀やんま

父の最後の肩車が、そこから仰いだ雲の峰とともに記憶に焼き付いている。次の絶望の句と合わせ読むと、柏木さんの胸に湧き上がる無念が痛ましい。銀やんまの句は私の好きな句だ。柏木さんの心には今でも少年の日の自分がいるのである。

さて、表現手法の多彩さという観点からも柏木さんの俳句を味わってみよう。

汚れつちまつた白鳥より帰る
海水帽ピンポン玉のやうに沖
虫の音のきつぱり絶えし朝かな
大根を抜き身のごとく下げて妻
あたたかや先に逝くのを譲り合ひ
蟻地獄大いなる目に覗かるる

白鳥の句は中原中也の「汚れつちまつた」の引用の妙。海水帽の句はピンポン玉の比喩が意表を突く。虫の音の句は「きつぱり」の措辞が凛々しく、急に冷え込んだ朝の静けさが迫ってくる。大根の句も比喩が上手いが、それを妻に持たせたユーモアがよい。そして、ユーモアならば次の「あたたかや」の句に止めを刺す。その一方で、蟻地獄の句のシュールレアリスム絵画のような迫力も目を引く。

どれがどの師の影響と名指しできるものではないが、さまざまな流れが一つになってこの句集を悠然と流れているのを感じる。

そして、締めくくりに挙げたいのが次の句である。

ざんと水突く寒暁の刀鍛冶

灼熱した刀を水に浸ける焼入れの瞬間だ。「ざんと」の擬音語は単純だが揺るぎない。寒暁の設定もよく、忽ち濛々と水が沸き立つ中に、爛々と目を輝かせた刀鍛冶が現れる。何より惹かれるのはこの句の厳しい声調だ。内容にふさわしいその韻律が、俳句を読む喜びを満喫させてくれる。

令和四年六月

小川軽舟

迦陵頻伽＊目次

句集　迦陵頻伽《かりょうびんが》

柏木　博

二〇〇二年～二〇〇九年

春

二・二六の翌年春に生まれけり

春雪を載せて機関車止まりをり

老農の膝やはらかく耕せり

笏転げ落ちて雛みな覗き込む

春夕べ汽笛聞こえて船見えず

比叡に日や遅日の湖の青ざめて

風光るパワーシャベルの刃先にも

山櫻七つ釦になどなるな

カルピスの絵のある酒屋啄木忌

石室に石棺のなき暮春かな

西軍に就きし城址や草青む

薄氷や男に会へと末娘

目覚むれば春の終つてゐたりけり

春の夜の無言電話に呼びかくる

太閤の金の茶室に春の燭

犬ふぐり湖を日照雨の移りゆく

初蝶の硝子のビルを遡る

狂言の神は二流ぞあたたかし

黒服の女の急ぐ朝桜

春愁や空が重うて身が浮いて
汚れつちまつた白鳥より帰る

桃の花墓掘る人も墓に入る

夏

蚤虱下痢の音する疎開の夜

少国民蜘蛛死ぬるまで闘はす

雲の峰父の最後の肩車

少年に迦陵頻伽や水眼鏡

蚊帳越しの灯りの中の若菜集

シンガポール　三句

縞太きからゆきさんの墓地の蚊や

夏草や四迷の墓のあるといふ

屋根ぶち抜きしガジュマルの炎暑かな

暗がりの井守自虐の赤でゐる

車より蝮要るかと言はれけり

白靴に入りたる砂や遅れし訃

鉄橋を渡る夜汽車や夏の果

日焼子の三杯飯を見てゐたり

物分かり良き青年や冷し酒

絶望の白き輝き雲の峰

青鷺に首の長さの蛇入りぬ

炎天やホースで貰ふ京の水

虎が雨婆がほほうと笑ひけり

天使魚の水槽の壁汚れをり

小学生みんなのけぞる那智の滝

海水帽ピンポン玉のやうに沖

アウンサンスーチー女史の蚊を打つや

小栗栖や耳圧して来る油蟬

地異の地を通るしづかな蟻の列

蜘蛛の囲に押し返されて泣く子かな

ハモニカのごとき舟屋や夏の月

涼風や手入の篤き竹林

寝ねがての雨ににほひや夜の秋

たそがれの青磁の壺の白牡丹

コントラバス立て掛け茶房夏深し

六月の畑の土の匂ひかな

世の中に遅れ始めし更衣

町古りて蝙蝠の飛ぶ夕べかな

地獄より天国は暇蜘蛛の糸

秋

天高く国民学校一年生

敗戦日病臥の父の笑ひけり

今朝の秋インクと紙の匂ひかな

デモの中死にしを聴きて夜業せし
速達で交す恋文葛の花

ビル街の開かぬ窓や鳥渡る

漕ぐ父を見詰むる男の子秋日和

聖書ありき古き夜長のホテルなり

朝霧の沁み通り来る杉襖

露の世の妻や乳房をひとつ失くす

ポンペイ　二句

きちきちやポンペイを背にナポリ見て

冷まじや売春窟の石ベッド

昼深し土に木の実の落つる音

抗ひて釣られし鱸香りけり

稲光人間の貌照らしけり

銀杏散りいつもの道を嬉しうす

白良浜九月の松の影著し

須磨寺や海より暗き虫の闇

手で押して立つ秋冷の膝頭

まちがへて蜩の鳴く道に出づ
洛陽の路に火点す虫屋かな

虫の音のきつぱり絶えし朝かな
屈葬の束なす手足秋の風

七夕札痛くなければ尊厳死

邯鄲の夢いま醒めしごとく止む

出漁の豊旗雲や秋の浦

霧動き邪馬台国の見ゆるかな

流灯会空襲のことと飢ゑのことと

流灯会魚の如くにすれ違ふ

信楽の狸と秋を惜しみけり

爽やかや舌べろべろとブルドッグ

折れし自然薯一本に包みあり

村の子に生ぬるき茱萸手渡さる

桐一葉落ちてわが町老いにけり

何を待つのか八月の人の列

八月大名蝮酒並べたり

付いて行く少年の日の銀やんま

吉村昭逝く

呼吸管抜きて逝きしよ冷まじき

冬

塩辛やざぶんと暗き冬の海

畦越えて最短距離を馳逃ぐ

火が神の通る証よおん祭

故郷いま波高からむ根深汁

男より女長生き近松忌

大根を抜き身のごとく下げて妻

つれづれの午後の冬日を硝子越し

石蕗の花母に遠き眼させしこと

妻の留守娘の鍋焼うどんかな

板屋根の音の愉しき霰かな

終電の窓に映りし冬帽子

ゆゑもなく見てゐる窓や日脚伸ぶ

冬の田に落石ありて乾きゐる

凩に下校の子らの掃かれゆく

こほろぎとぎすの貌の差日向ぼこ

ひさかたの冬日溜まりや良寛忌

大川の縮緬光り寒四郎

老年や息白くもの言ふはかなし

声明や合掌包む息白し

年の豆数へ始めてやめにけり

もういくつ寝ると何来る日向ぼこ

冬凪や骨を撒くのはあのあたり
冷たしと息吐く口の陶土かな

新年

何もなきことのうれしきお元日

落ちながら若水となる那智の滝
嫁が君吾がことかと宣ひぬ

あてどなく書肆に立寄る松の内

朝刊の遅れ来たるも淑気かな

老二人七草粥を二度に食ふ

三輪山に日の当りゐる初詣

二日来て何はともあれ飯を食ふ

二〇一〇年〜二〇二〇年

春

ロシア語の船名に錆多喜二の忌

次の峰へと永日の雲の影

そのかみの吾を呼ぶ声や夕蛙

春潮やぁとは自力と医師の口

春きざす天意俄かに成るごとく

山焼や比叡の叫喚まざまざと
聖人も我らも日永食うて放る

空腹が序章となりぬ昭和の日

春雷に茶筅の動きとどまらず

つばくらや雨の東国土赫し
このところ目覚まし役の鶯よ

日陰より日向つめたき桜かな

行く春を縦横無碍や宅配車

地虫出づ戦後とはわが飢餓時代
あたたかや先に逝くのを譲り合ひ

朧夜や婆を諭せる孫の声
かの時の母の笑顔の桜かな

蓮如忌の大阪城に遊びけり

啓蟄の中華料理の豚の耳

春昼の海から造船所へレール

干鰈若狭の海のとの曇る

虫出しの雷に厠を飛び出す子

行く春のソファーの座り窪みかな

花見酒倭奴《うえのむ》悪しと朴氏哭く

凸凹に透く啓蟄のレジ袋

涅槃西風水道栓の洩れ止まず

はこべらの野に一炊の夢を見る

囀や少し気取りし子の遺影

湯灌の湯ぬくくかなしき母の陰

転《て》害《がい》門《もん》蓬餅売侘びにけり

春の海溝衜へ込まるるされかうべ

故郷の古書肆の棚の春の塵

独りの夜韮雑炊の塩加減

春昼のパントマイムの喉仏

春塵や鯨波のごとき二条城

空高くゆく春立ちし鳥の声
泣きながら物を喰ひをる春の葬

日の差して雨後の桜となりにけり

それぞれに違ふ方見て春の海

行く春のＡＩ掃除機に追はる
本日より閉店します燕の巣

賀茂の杜鴉余寒の黒でゐる

アネモネやあのねあのねと姉いもと

水切りの一人遊べる桜かな

後ろから押されて小鮎堰を越ゆ

楤の芽の稚児の手ほどを摘みにけり

ゆく春をマスクの人と惜しみけり

菊根分飯の匂ひのしてきたる

山折りの裏は谷折り雛の菓子

涅槃図の号泣といふしじまかな

ちりめんに大根卸し熱き飯

朽ち舟の櫓臍に丸き雪残り

夏

男山の精気と言はむ滝の風

はつたいに噎せて昭和に戻りけり

玉苗の亭亭たるをあめんぼう

肘ついて肘の淋しき更衣
焼酎を灯をつけず飲み始む

蟬の声のみ昼過ぎの法隆寺

河童忌の醫れば落つるアイスバー

梅雨の妻ＡＩ掃除機を諭す

蚊喰鳥はやこの町に住み古りし

まつすぐに闇に向ひて飛ぶ蛍
毛虫焼くたぢろがざるを疎みつつ

桜桃忌心憂きときき句の多し

白南風や銀座卯波につひに行かず

三伏や水の近江に渇きゐて

落武者のごとき晩夏の大学生

難しきことをやさしくかたつむり

正座してここへ座れと指す団扇

青柿や新発意の読む御文章

サイレンの続く間も虹を見る

虹見えず虹を見てゐる人を見る

峰雲やしぶきを立てぬ水府流

噴水の天辺の水慌ててをり

緑陰にやはらかく子を叱る声

穴子釣上潮匂ふ夜の河口

花うつぎ全裸の幼走り出づ

流れ藻の匂へる浜の朝曇
ところてん正論なれば是非もなし

滝壺に溺れてゐたる滝の水

熊野より補陀落の海虹二重

吊橋や犬引き摺つて日焼の子

仁川の大潮の夜の渡り蟹

廃屋の畳貫く今年竹

香水の男慇懃過ぐるなり

大阪の元気な頃やかき氷

飛石の一は碾臼白雨来る

在五忌や死に花咲かせたしと思ふ

パリー祭暗きところに懺悔室

宝籤売場の軒の燕の子

渡殿を話し声来る夏座敷

嗣治のロイド眼鏡やパリー祭

十五匹ゐる筈なのよ目高の子

ビル街を母と子帰るみどりの夜

虹の輪の中の義眼に見つめらる

水道の水迸る夏は来ぬ
狭き空かぶさつてくる滝の水

羨道抜け五月蠅なす世に戻りけり

指に来て以心伝心かたつむり

サイレンの音は変はらず広島忌

ゴキブリ捕り器ごきぶりの一家族

まくなぎを払ひて女貌戻す

蟻地獄大いなる目に覗かるる

青春はカーテンのなき西日部屋

六月の雨の暗さや吾妻橋

柏餅健啖たりし子に供ふ

じんべ着てまだ欲深き男かな

人類の日暮見てゐる端居かな

ほがらかに父を誹れるソーダ水

隠すべきところを示す水着かな

秋

渡り鳥四十で死にし父のこと

老人が墓石のごとく月の浜

稲妻や石見瓦と昏き海

島の夜をめつたやたらに流れ星

銀やんま日本敗れし日に多く

小鳥来る紀伊の山なみ空広し

来し方は道草ばかり草虱

大声で笑ひしあとのすいつちよん
踝を照らして離る流灯会

渡り鳥ゆふぐれの空使ひきる
やはらかく軍歌断る生身魂

秋の暮影踏みの子が消えてゆく
かなかなや山のホテルに灯が点る

木の実降る山の墓場の石畳
日に映えて今を一期の紅葉かな

斐伊川紅葉素戔嗚尊《すさのお》の貌真つ赤

冷ややかに風が風呼ぶ湖北かな

ゆく道の草に消えけり秋の暮

満月に殻開きゐる阿古屋貝

水害のテレビ見てゐる後の月

浅酌の話途切れて虫の闇

新蕎麦や鍵屋の辻の古暖簾

八月のラッシュアワーの目玉かな

赤とんぼ群れて大津皇子の墓

みそはぎやいつも淋しきははの顔

と雖も昭和懐かし秋灯下

秋めきて老いても腹の減ることよ

楷紅葉閑谷学校孔子廟

赤のまま幼年の飢ゑ忘れめや

土に風くらりくらりと秋揚羽

鰯雲天の岩戸の開きたる

先生はいまも先生渡り鳥
星月夜島の時間の過ぎゆけり

颱風圏天球蓋の廻るごと
校庭の平均台に秋の風

鶴首に薄一本放り込む

長崎忌石段の空仰ぎけり

檸檬買ふモジリアーニの女の眼

一湾に月の隈なき舟屋かな

蕎麦の花端山に丸き月かかる
どつしりと無月の山がそこにある

名月や竹林越しの人の声

二階から外を見てゐる秋の暮

苦瓜の花夕暮の高野みち

秋風や日の差すところ影動き

月の隠岐蟹の毛臑の岩を攀づ

おしろいや笄町の路地の奥

提灯のごとく大きく宵の月

冬

慶州の青き甍や木守柿

十年は死なぬと思ふ小春かな

訪ぬればはや残照の冬の雲

木曽殿の墓の小さし石蕗の花

白菜の虫をしばらく苛めけり

冬の水冬の水たること律す

逢うてすぐ話弾みぬ竜の玉

法隆寺業平道の返り花

ポインセチアインド料理の卓にあり

着ぶくれてビアフラの子の大きな眼

狐火や神獣鏡に映る顔

大寒や何はともあれ早く寝る

巫の赤き鼻緒や神還り

短日の船より捨つる炊き水

なにも動かず何も映さず冬の水

寒卵くすくす並ぶ宿の朝

橅林落葉の匂ひ父の匂ひ

冬帽子置き場のなくて又かぶる

壁の絵のセーヌ河畔や日脚伸ぶ

短日のどさどさ続く象の糞

紙漉女拳でほつれ髪直す

狼の支配の記憶火焔土器

毛鉤百本子の遺したる寒暮かな

着膨れて此の世に遠き顔をして
八十年長き刹那や枯木星

初時雨墨染といふ駅を過ぎ

枯れ蔦を引けば荒屋毟らるる

ビニル傘始めうれしき霰かな

落葉吹雪ゆるやかにまた華やかに

沢山のブーツ脱がれて折れてゐる

懐手分の悪きとき瞑目す

山陰線二駅過ぎて時雨けり

子の骨の嵩の高さや冬青空

さぞかしと言うて沈黙日向ぼこ

寒晴の鉄槌鉄柱敲く音

戦争がいつもどこかに白泉忌

植木屋と木の話する小春かな

枯枝に鳥止まりぬ塵芥車

公園の飛べぬ白鳥憂国忌

スピーカーから唾呑む音や開戦日

ざんと水突く寒暁の刀鍛冶

北吹く夜開高健を持つて寝る

今朝の冬水道水のやはらかに

マネキンの窓を見てゐる寒さかな

煮凝や叶はぬことを夢となむ

かいつむりひねもす小さくよろこべる

冬銀河反抗期には父をらず

煤逃の男せはしく歩きけり

父の冬木母の冬木が風の中

小六月尼の昼餉の音立てず

倫敦の深き地下鉄漱石忌

安酒と中島みゆき虎落笛

時雨忌の大阪駅に迷ひけり

火襷の備前に差しぬ枯芙蓉

老醜の心な見せそ冬の菊

風花や淡く執念き旅心

木の葉髪いざ生きめやも死ぬるまで

冬の海手足軽々働くよ

新年

轆轤師は広げて窄め去年今年

橿原の畝傍の杜の初鴉

初詣大榾燃ゆる奥の闇

暗きより起きてうろうろ二日の老

玄室に柩の見えぬ淑気かな

御降の街をしづかに濡らしけり

放埓に生きたしと老い薺粥

梢透く真っ赤な太陽初御空

露天風呂よりわたつみの初茜

初夢や奈良に卑弥呼の墓碑出づる

弓始阿修羅の眼して少女

元日や古き下駄履きポストまで

筆勢の暴れてゐたる賀状来る

初声や珈琲の香の二階まで

初鴉羽織ごろつきしてをりぬ

おわりに

退職後、大岡信などの著書を読み投句し始めた俳句だが、早や二十年になる。生来の不精で先送りしているうち、突然肝臓癌と宣告され、それも末期だと言われてうろたえた。小川軽舟主宰・先輩のご指導・ご助力により、何とか出版出来そうで心から感謝しています。

句集の題名として二つ考えた。一つは「迦陵頻伽」であり、もう一つは「少国民」で、第二次世界大戦中の軍部が、小学生と下級中学生に軍国主義を徹底し、かつ、空襲に備えて都会の学生を田舎に強制疎開させ、作物栽培などにあたらせるために与えた称号である。

ちなみに、大人に対しては当時「徴用」と呼ばれた軍需産業などの強制労働への狩り出しがある。現に、ひ弱な薬剤師であった私の父などは、栄養不良と重労働に病み、一年もたたずに結核で死んでしまった。遺された私と弟は、母が住込み看護婦として働くため、島根県の海辺の小さな町の、祖母のもとへ預けられた。

飢えから解放され、終戦となり、その町の中学生になった私は、夏休みになると、ブリキで作った特製の水中眼鏡と手製の銛を下げ、一山越えて人気のない小さな浅海の湾にゆく。

銛を持ち、栄螺を入れる袋を腰に下げ海に入る。その、光の届く海底の、色とりどりの小魚や海藻、そして海牛や磯巾着の飽きることのない世界が開ける。『魏志』の「倭人の条」に、「倭は海中に沈没して魚貝をとる」という意の記述があるが、海の中での私の、興奮と安堵を考えれば、祖先ははるか東南アジアあたりから来た渡来人かも知れない。

そして、この対峙するような二語が、少年期の私を形成し、成人となった私を規制しているのかも知れない。

迦陵頻伽とは極楽に住む、美しい声で鳴く鳥とある。

言わば「少国民」の飢えや束縛が象徴する現実と、「迦陵頻伽」の「虚構」であり、「詩」であり、「現実逃避」でもある世界が。

少々退嬰的ではあるが、私は残る生を、この「夢」の世界ですごしたい。最近の医学の進歩で、私にもう一・二年の余裕があれば、これらの句よりもう少しましな句を数句、作りたいとも思うが、さてどうであろうか。

最後に、不肖の弟子である私を懇切に指導下さった先師の方々、諸先輩、さらにもう一度、小川主宰と、丁寧に指導して下さった辻内京子さんに、深くお礼を申し上げる。

二〇二二年七月

柏木　博

著者略歴

柏木　博（かしわぎ・ひろし）

1937年２月　神戸市須磨区に生れる
2004年　　　朝日新聞の大和俳壇などに投句開始、後、「運河」茨木和生に師事
2005年10月　「狩」入会、鷹羽狩行に師事
2007年　　　「狩」退会。「幡」入会、辻田克巳に師事
2017年３月　病疾などで「幡」退会
2020年３月　「鷹」入会、小川軽舟に師事、現在に至る

俳人協会、奈良県俳句協会会員

現住所　〒639-0202
奈良県北葛城郡上牧町桜ヶ丘3-17-3

句集　迦陵頻伽　かりょうびんが

二〇二一年八月二六日　初版発行

著　者――柏木　博

発行人――山岡喜美子

発行所――ふらんす堂

〒182-0002　東京都調布市仙川町一―一五―三八―二F

電　話――〇三（三三二六）九〇六一　ＦＡＸ〇三（三三二六）六九一九

ホームページ　http://furansudo.com/　E-mail　info@furansudo.com

振　替――〇〇一七〇―一―一八四一七三

装　幀――和　兎

印刷所――日本ハイコム㈱

製本所――㈱松岳社

定　価――本体二八〇〇円＋税

ISBN978-4-7814-1378-5　C0092　￥2800E